牛年的礼物：剪纸中国·听妈妈讲牛的故事

图、文：于平　任凭

主编：赵镇琬

新世界出版社

NEW WORLD PRESS

下个牛年，我们将近花甲，倘若那时眼不昏花手脚不懒，还会再画几幅牛图，留给那个牛年。

先有盘古开了天，后有女娲造了人，
又有炎帝大神仙，造福人类到人间。

传说炎帝大神仙，长着牛头人的身，
人们又称神农氏，五谷植物他发现。

据说炎帝出生时，天上飞来鸟一只，
那鸟全身是红色，嘴里衔着苗一枝。

鸟嘴衔着九穗苗，九穗种子往下掉，
掉在炎帝的身旁，炎帝急忙把种找。

炎帝把种埋进土，长出禾苗是五谷，
再找种子种五谷，仔细栽培不马虎。

炎帝教人种五谷，人间有了谷植物，
一年四季有收成，从此不再受饥苦。

人虽不再受饥苦，各种疾病却难除，
炎帝为治人的病，寻找药草上征途。

山中野草千百种，不知哪种可药用？
每种野草亲口尝，尝了这种尝那种。

为找药草尝百草，尝尽百草找到药，
后来误尝断肠草，中毒身亡上云霄。

神农炎帝

九

人说炎帝上了天，是为人类离人间，
人说炎帝没有死，因为炎帝是神仙。

剪纸练练手 · 大牛头

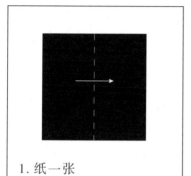

1. 纸一张

2. 对折（注意牛头对称）

3. 画上半个牛头的形状

4. 用剪刀剪出形状，打开

5. 用裁纸刀镂空

6. 衬上彩色纸就更好了！

神农炎帝

一二

多年来，由于对生肖民俗的酷爱，我们几乎每年都要画几幅与当年生肖有关的图画。久而久之，就形成了鼠年画鼠、牛年画牛的习惯。早在二十四年前的那个牛年，我们曾创作了一套《老鼠与牛争首位》剪纸连环画，又创作了《牛王》、《娃娃骑牛》和《老牛耕地》等剪纸作品，分别发表在《民间文学》、《北京周报》、《知识与生活》等刊物上。那时的我们刚出校门，二十出头的年纪，对艺术充满了幻想，属于勤奋的"投稿青年"，投稿发表是我们那时的最高理想。每年的生肖主题创作，也就成了我们每年必画的内容。

到了十二年前的那个牛年，我们已经过了而立之年。虽未立业，可已组成了小家。那时的我们，已由"投稿青年"转向"著书立说"了。此年之前，曾出版了四册《鼠年的礼物》，紧接着又画了四册《牛年的礼物》，未想却搁浅了。直到十几年后的眼前这个牛年，这套《牛年的礼物》终于出版面世了。尽管拖后了十几载，可我们觉得另有一番意趣。这要感谢山东明天出版社原社长赵镇琬先生，十几年前他曾为我们策划、责编及合作过好多儿童读物。十几年来，他又细心地帮我们保管整理着一些未曾出版的书稿，包括这套《牛年的礼物》。

牛年

更要感谢艾斯苔尔和北京步印文化有限公司的编辑于惠平，她们两人不远千里把稿件带到北京。此外，也谢谢步印的编辑邓淑贤，她热心敦促我们写作了这则小文。在许许多多的人的共同努力下，这套十几年前的书稿终于面世了，这对我们来说无疑是一件很有意义的事情。

眼前这个牛年，我们已经四十好几了，眼瞅着开始向半百靠近。这个年龄更应多学学牛的脾气，增加一些韧劲。这个牛年，我们又创作了很多牛的版画作品，其中名为《牧笛悠悠》和《牛年使牛劲》两幅版画，被选为2009年中国邮政有奖信卡及贺卡信封的邮资图。我们希望这两幅图能走进千家万户，为众人带去牛年的祝福。

牛年画牛，不知不觉已有二十几个年头。

下个牛年，也就是十二年后的那个牛，我们将近花甲，倘若那时眼不昏花手脚不懒，还会再画几幅牛图，留给那个牛年。到那时，这本《牛年的礼物》则留下的成了上个牛年记忆了。

画牛

神农炎帝

一三

（撰文：于平、任凭）

关于神农炎帝的其他传说

　　作为炎黄子孙的祖先，炎帝做的事情可不仅仅只是种植五谷和尝百草那么一点，传说里面，还有好多好多事情都是他完成的。具体说起来，包括下面几种：

1　　发现五谷之后，炎帝教人们种植粮食。可是人类毕竟不是神仙，都不知道该怎么种粮食才能丰收，于是炎帝又发明了各种各样种地的工具，比如说耒耜（这两个字读作"蕾寺"），有了这些工具，种植五谷就容易多了。

2　　开市场。人们种了五谷之后，都想尝尝别人种出的粮食是什么味道。于是炎帝就开辟了一个市场，大家可以去换东西。直到现在，自由市场还是人们最喜欢去的地方呢。

3 做衣裳。据说早先,人们都是穿树皮的,是炎帝教会了大家织布、做衣服。

4 做五弦琴,并且在上面弹出优美的乐曲,从此人们就爱上音乐了。

5 做弓箭,让大家在吃上了五谷的同时,还可以捕猎野兽,吃上香喷喷的肉。

除了这些,还有好多好多。据说连日历、二十四节气这些,也都是炎帝发明的呢!

【牛年的礼物：剪纸中国·听妈妈讲牛的故事】

打春牛

神农炎帝

牛郎织女

娃娃放牛

我的目光游走于这形象生动、润色丰厚的画面中，有一种回归童年的欢欣，因而我愿意把这套剪纸丛书推荐给孩子们，以及他们的家长和老师，这是普及审美教育的需要，也是培养民族自豪感的需要。

——金波

一本图画书就是一座小小的美术馆。现在《牛年的礼物》这套图画书出来了，一套四本全是剪纸作品，而且一本一个风格。这真是一种惊喜！原来，我们早就有了一座小小的剪纸美术馆，而且这个小美术馆里还有四个分馆。

——彭懿

只有生长在这片大地上的，如牵牛花这般平凡，但是天天花开花落，陪伴你每一天普通生活的事物、文化，才是你赖以生存的根源。

——艾斯苔尔

小时候，我总梦想着，能去看看外婆的家乡，那里有：温暖的炕头、彩色的窗花、神奇的故事，还有外婆讲故事的声音，那浓浓的山东口音……这套剪纸图画书，让我离那个梦，仿佛又近了一步。

——小书房站长 游然

美丽的剪纸，传统的主题，中国的味道，这是给中国妈妈和中国孩子的最好礼物。

——新京报书评周刊

娃娃放牛

wa wa fang niu

〖牛年的礼物：剪纸中国 · 听妈妈讲牛的故事〗

于平 任凭◇图文　赵镇琬◇主编

新世界出版社
NEW WORLD PRESS